LE RÉVEIL DU PEUPLE,

OU

LA RÉVOLUTION DE 1830.

Poëme en trois Journées.

PAR M. P. DUPLAISSET.

Se vend au bénéfice des Veuves et des Orphelins.

PRIX : 1 F.

Paris,

GARNIER, LIBRAIRE, PALAIS-ROYAL,
Vis-à-vis la Cour-des-Fontaines;
BIGOT ET LANDOIS LIBRAIRES, RUE DU BOULOY, Nº 8;
ET LES MARCHANDS DE NOUVEAUTÉS.

1830.

LE RÉVEIL DU PEUPLE,

OU

LA RÉVOLUTION DE 1830.

Poëme en trois Journées.

PAR M. P. DUPLAISSET.

Se vend au bénéfice des Veuves et des Ocphelins.

PRIX : 1 F.

Paris,

GARNIER, LIBRAIRE, PALAIS-ROYAL,

Vis-à-vis la Cour-des-Fontaines;

BIGOT ET LANDOIS, LIBRAIRES, RUE DU BOULOY, N° 8;

ET LES MARCHANDS DE NOUVEAUTÉS.

1830.

42640

PRÉFACE.

———

L'Auteur a voulu aussi payer sa dette patriotique, et le Public lui saura gré de ses bonnes intentions. Du reste, c'est en fidèle historien qu'il a essayé de tracer l'esquisse des glorieux événemens auxquels il a eu le bonheur de prendre part.

LE

RÉVEIL DU PEUPLE.

Première Journée.

Ils sont libres ceux-là qu'on voulait faire esclaves!
Ils sont libres enfin! et d'un accord commun
Ils ont chassé leur maître et brisé leurs entraves,
Comme un lion qui secoue un insecte importun.

Sous le joug accablant d'un pouvoir despotique
Un peuple généreux sommeillait dès long-temps;
Depuis long-temps aussi d'un élan héroïque
Il pouvait écraser les maîtres insolens
Qui lui donnaient des fers. Au seul mot de patrie,
Il aurait pu compter cent mille défenseurs;

Cent mille combattans, prets à donner leur vie,
Auraient pu renverser ces lâches oppresseurs,
Exécrer à jamais leur mémoire maudite,
Les réduire au néant, et doubler leur succès
En ramenant chez eux la liberté proscrite.
Ils le pouvaient, hélas! avec du sang français!....
Et ce sang à verser comprimait leur courage ;
Les malheurs qu'ils craignaient arrêtaient leur transport ;
Un avenir affreux, noir et rempli d'orage,
Leur faisait préférer l'esclavage à la mort!....

Ils étaient donc soumis ; mais narguant l'insolence
De ces tyrans-valets, de ces plats courtisans,
Ils bravaient en riant leur stérile impudence :
Leurs seuls foudres étaient quelques couplets piquans
Dont le sel insultait à la ligue orgueilleuse
Qui voulait nous ravir jusqu'au droit de parler,
Et croyait que, courbés sous sa rage fougueuse,
Nous devions écouter, nous soumettre... et trembler!
« Oui, ce peuple mutin assez long-temps nous brave,
S'écria Polignac, comprimons ses excès,
Apportons à ses droits une dernière entrave,
Et s'il murmure encore, les cachots sont tout prêts[1]. »
Tout-à-coup le démon, l'implacable furie

Qui préside aux forfaits , apparaît à ses yeux ;
Elle souffle en son cœur son infernal génie ,
Et tordant en ses mains des serpens furieux :
« Ministre de ton roi , s'écria-t-elle, écoute !
« Si tu veux raffermir et le trône et l'autel ,
« Si tu veux des honneurs poursuivre encor la route,
« Il est temps d'enchaîner un peuple criminel.
« Ote-lui sur-le-champ jusqu'au droit de se plaindre,
« Etouffe son murmure à force d'attentats ,
« De sa vaine fureur tu n'auras rien à craindre,
« N'as-tu pas tes prisons, ton argent, tes soldats ?
« Obéis sans retard ; qu'au lever de l'aurore
« La liberté soit morte, et ton maître.... absolu !
« C'est du ciel que descend cette voix qui t'implore ;
« La France le demande, et ton Dieu l'a voulu. »
A peine a-t-il parlé , qu'au séjour des ténèbres
Le monstre accourt joyeux et raconte aux enfers
Les succès qu'ont produit ses paroles funèbres.
« Dès demain, leur dit-il, un peuple est dans les fers ! »
Hélas ! il disait vrai : sur l'esprit du ministre
Il avait su gagner un trop facile accès !
En présence d'un crime ou d'un complot sinistre
Le traître Polignac résista-t-il jamais [2] ?
Pour aider sa fureur il lui faut un complice ;

Il n'en cherche qu'un seul, il en a trouvé sept !
Tous les sept à l'envi creusent le précipice
Où doit les engloutir leur funeste projet ;
Ils le font approuver du monarque parjure,
Et celui-ci, pour prix de sa crédulité,
De sa lâche faiblesse et de son imposture,
Doit traîner dans l'exil un sort trop mérité !

Le crime est accompli !... tout un peuple alarmé
Connaît déjà son sort; vieillards, femmes, enfans,
Aux larmes de la France ont confondu leurs larmes,
Et leur sinistre cri fait trembler les tyrans !
Vingt cohortes bientôt, contre nous échappées,
Marchent sous leurs drapeaux comme en un grand dang(
Et contre des Français dirigeant leurs épées,
Pour les faire obéir ils vont les égorger !..
Des Français égorger des Français sans défense !
Jour affreux ! jour de sang !.. Dans sa juste fureur,
Pourquoi le ciel qui veille aux destins de la France,
N'a-t-il pas fait tomber son tonnerre vengeur
Sur ces vils assasins ? Rien n'arrête leur rage ;
En vain pour les calmer on tombe à leurs genoux [3],
Le farouche soldat s'enivre de carnage,
Et sur son père en pleurs il ajuste ses coups !
Il massacre, il écrase, et, fier de sa conquête,

Quand il eut épuisé le biscaïen mortel,
Il revint triomphant, comme en un jour de fête,
Reposer un instant sa gloire au Carrousel.

. . . .

Caché dans son palais[4] comme un enfant timide,
Charles priait le ciel de bénir ses forfaits.
Dans sa dévote ardeur, ce roi lâche et stupide,
Offrait, pour plaire à Dieu, le sang de ses sujets.
Du moins si par l'erreur entraîné vers le crime,
Lui-même eût affronté le péril des combats,
Si pour défendre un droit qu'il croyait légitime,
Il eût par son exemple animé ses soldats,
L'histoire aurait pesé dans la même balance
A côté de sa honte un esprit belliqueux,
Elle aurait dit un jour aux enfans de la France,
Que s'il était aveugle il était valeureux.
Mais non, faible et tremblant comme un roseau débile,
Tout entier se livrant à l'intrigue, au complot,
N'écoutant que le faux, et repoussant l'utile,
On lira dans l'histoire : *Il fut lâche et dévot.*

Deuxième Journée.

—●●●—

Imprudents!... ce canon qui tonne avec furie,
Frappe sur un volcan tout prêt à s'embraser ;
Si le feu communique à sa lave assoupie,
La mort en bouillonnant sort pour vous écraser!...
Tremblez! ne troublez pas le sommeil populaire!
La France en léthargie est comme un lion qui dort :
Paisible en son repos, terrible en sa colère,
Ses armes sont ses droits.... sa vengeance la mort!

. . . .

La foudre a retenti!... l'étincelle électrique
Au fond de tous les cœurs pénètre en même temps ;
Elle y porte le feu d'une ardeur frénétique,
Et d'un seul coup fait naître un peuple de géans !

Affamés de justice, et non pas de vengeance,
Ils se sont éveillés!... Ah! tu ne savais pas

Comme un peuple reçoit une sanglante offense,
Monarque téméraire, eh bien, tu l'apprendras!...

L'artisan, sans songer à de vaines alarmes,
Quitte ses ateliers pour voler aux combats;
Il se consume, il brûle, il veut avoir des armes;
Il vengera la France..... ou ne reviendra pas!
Chargés de vieux mousquets que la rouille dévore,
Munis de lourds marteaux, de hâches, de bâtons,
C'est ainsi qu'on les voit au lever de l'aurore...
Et quand viendra le soir ils auront des canons!

Le sol est déchiré sous le fer qui l'accable,
La pierre est entassée en énormes monceaux;
Invincible rempart, barrière impénétrable,
C'est un asile sûr pour nos jeunes héros.

Voyez les tous! voyez cette mer en tourmente;
Point de titres, de rangs, tous sont égaux entre eux.
Que sur ces habits fins cette armure pesante
Et ce blanc ceinturon sont nobles à nos yeux!
Oh! que cette parure, uniforme civique,
mieux qu'un tissu doré brille sur votre sein!

Partez, jeunesse ardente, espoir patriotique,
La liberté vous tend sa défaillante main ;
Courez la ranimer... Bientôt de la victoire
Vous reviendrez sanglans et de poudre noircis,
Mais vous aurez acquis plus d'un siècle de gloire,
Et l'on dira : Français! qu'un jour vous a grandis!

Au milieu de leurs rangs un cadavre de femme [5]
Est porté tout sanglant par un bras musculeux,
Sa vue est pour le peuple un aiguillon de flamme ;
Il frissonne, et, semblable au taureau furieux
Que la couleur du sang fait écumer de rage,
Brûlant de satisfaire un trop juste courroux,
Il s'élance d'un bond sur celui qui l'outrage,
Ou pour le dévorer..... ou tomber sous ses coups.

L'intervalle est franchi! C'est où le sang ruisselle,
C'est où le canon gronde et vomit le trépas,
Que nos jeunes guerriers, pleins d'une ardeur nouvelle,
Pour la première fois vont tenter les combats.
Sur les bords de la Seine où la Grève se mire
Le soldat était là... sans courage et sans peur ;
Et banal automate, au chef qui le désire,
Il donnait pour de l'or sa vie et son honneur.

Ils étaient là !... perdus, noyés dans la fumée,
Quand à travers le feu des rapides éclairs,
Ils ont vu tout à coup une masse enflammée,
Ils entendent le plomb qui sifle dans les airs.
Sur les arches d'Arcole un drapeau tricolore
Jette l'effroi mortel dans leurs rangs confondus,
Et, comme s'il voyait un affreux météore,
Le soldat un instant tient ses coups suspendus!....
S'ils se rendaient!.. mais non [6], le traître qui les presse
Les menace de mort s'ils reculent d'un pas!
A cet ordre sanglant la colonne se dresse,
Le lugubre tambour bat l'heure du trépas....
Un guerrier de vingt ans le premier les appelle [7],
A son gré l'intervalle est trop long à franchir,
Et montrant sa poitrine à la balle mortelle,
Il tombe, et dit : Français, apprenez à mourir !
Son sang rougit le sol.....! mais l'écho vibre encore
De ses derniers accens.... La fusillade part....
Le double bataillon se croise et se dévore ;
La victoire balance, et sur chaque étendart
Voltige tour à tour. Oh! qui pourra redire
Le nom de nos héros à la postérité !
Ils tombent en cueillant la palme du martyre,

Et ne disent qu'un mot : *Vive la liberté!*...

La mort contre la mort s'élance avec furie.

Le pont tremble et gémit sous les deux arsenaux ;

Enfin, d'un dernier choc la colonne ennemie

Se brise avec fracas, et ses derniers lambeaux

Se retranchent épars vers la cime gothique

Du vieil hôtel-de-ville. Allons, enfans, marchons!

Donnons encor du sang! la couronne civique,

Plus noble et plus brillante, embellira nos fronts.

La liberté nous crie : encore un pas à faire !

Marchons! et tout-à-coup une mer en courroux

S'élève en mugissant jusqu'au dernier repaire

D'où le lâche soldat faisait pleuvoir ses coups. -

Trois fois victorieuse et trois fois repoussée,

Elle triomphe enfin! et sur ces noirs créneaux

Où tout-à-l'heure encor la phalange entassée

Tirait au-dessous d'elle et creusait des tombeaux ,

Nos drapeaux sont fixés!

. . . . Cependant la nuit sombre

Enveloppait nos murs d'un funèbre linceuil,

Et quand le jour brillant vint succéder à l'ombre ,

La liberté régnait..... mais elle était en deuil.

Troisième Journée.

Tandis qu'ils travaillaient à leur indépendance
Et que la liberté sortait de son tombeau,
La patrie attendait.... Un lugubre silence
Régnait dans la cité; près d'un mourant flambeau
L'épouse gémissait, tremblante, désolée;
Et quand l'airain mortel frémissait en courroux,
L'effroi, ressuscitant sa douleur accablée,
Lui présentait la mort écrasant son époux!

O Paris! quand ton sein, vaste champ de bataille,
N'offrait qu'un cimetière à tes fils désolés,
Quand tes murs déchirés, criblés par la mitraille,
N'attestaient que la mort; quand les airs ébranlés
Résonnaient le tocsin de la cloche funèbre,
Qui t'aurait reconnu quand tu brisais tes fers?
Toi, le séjour des arts, toi, la cité célèbre

Que les plaisirs ont fait reine de l'univers !...

Mais tu n'a plus qu'un jour, encor un jour de guerre !.

Console-toi, Paris ! sur tes sanglans lambeaux

Un soleil va passer, et l'olivier prospère

Aux lauriers de la gloire unira ses rameaux.

Peuple, console-toi ! le tribun patriarche [8],

Lafayette, a senti son vieux sang rajeunir ;

Et ce sang il te l'offre ; il veut guider ta marche.

Hier, tu ne savais que te battre et mourir,

Aujourd'hui, tu suivras l'aïeul de la patrie ;

La glorieuse école a brisé ses verroux ;

Elle apporte en nos rangs courage et théorie :

France, console-toi ! la victoire est à nous!

Cent jeunes généraux, artilleurs intrépides,

Conduisent avec art nos rangs disciplinés.

Nos derniers ennemis sont les soldats cupides

Que donnent pour tribut les Cantons rançonnés

De l'antique Helvétie. Une horde écarlate

Enlace triplement le Louvre et le Château ;

De ses plis hérissés le plomb rapide éclate ;

Elle agite en fureur son livide drapeau,

Et croit pouvoir encor, dans sa rage insensée,

Ranimer un pouvoir qui n'a plus qu'à mourir.

Mais la vengeance est là !... sous ses coups renversée,
La phalange succombe et son dernier soupir [9]
Se confond au soupir que rend la tyrannie.
La hache fait gémir une porte d'airain ,
Elle tombe, et déjà la France rajeunie
Ouvre l'accès d'un trône au peuple souverain.

Ce trône si brillant que les flatteurs reptiles
Pouvaient seuls entourer , ce trône si pompeux
Qui n'accueillit jamais, dans leurs plaintes stériles,
Les pleurs de l'opprimé , les cris du malheureux ,
Tout un peuple à présent peut le fouler sans crainte.
Dans ses poudreuses mains un sceptre, objet d'effroi,
Passe comme un hochet, et la pourpre est empreinte
Sous les pieds du soldat qui s'improvise roi.
Il est maître de tout ; il peut de sa victoire
Recueillir à présent le butin précieux ;
Mais il dédaigne l'or qui souillerait sa gloire ,
Et ces riches débris qui brillent à ses yeux ,
Ces rubis, ces joyaux qu'une troupe mondaine
Dans sa honteuse fuite avait abandonnés,
Il les voit sans désir, il les quitte sans peine ,
Et pourtant c'était lui qui les avait donnés !

O peuple généreux [10]! sous tes coups enchaînée
L'Europe avait connu les prodiges inscrits
Par l'immortel burin. L'Angleterre étonnée
Se rappelait encore les canons d'Austerlitz!

Mais que trois jours de gloire ont agrandi ta gloire!
L'étranger qui tremblait au bruit de tes succès,
Admire cette page à ta nouvelle histoire,
Et dit d'un ton jaloux : *Que ne suis-je Français!*

Un jour pur et brillant a chassé les orages;
L'esquif, long-temps battu par la fureur des flots,
Lève son pavillon ; mais de nouveaux naufrages
Le menacent encor.... Parmi les matelots
Il en est un qui fut toujours brave et sincère;
Il avait vu passer les aigles et les lys,
Mais, ne jetant jamais ses regards en arrière,
Toujours il sut rester fidèle à son pays.
Jemmapes l'avait vu défendant la patrie
Que voulait envahir le voisin aggresseur ;
Il ne pouvait alors lui donner que sa vie,
Et l'offrande en fut faite à la triple couleur.
France, voilà ton roi ! voilà ta république!

Ouvre, ton cœur qui saigne, à son cœur paternel,
Ne crains point qu'ébloui par un pouvoir magique
Il oublie un instant son serment solennel.
Non, ce n'est point un son d'un monarque frivole
Que pour gage de foi reçut la liberté,
Et la France entendit la royale parole :
« *La Charte pour toujours est une vérité.* »
Non, la couronne d'or, cette charge pesante,
De son éclat trompeur n'a point frappé ses yeux ;
Et ce sceptre de roi que ta main lui présente,
Oh ! peuple, il ne l'a pris que pour te rendre heureux.

FIN.

NOTES.

Et s'il murmure encor les cachots sont tout prêts.

Les journaux ont dévoilé les projets liberticides du minis-
tère, qui ne tendaient à rien moins qu'à jeter dans les cachots
un grand nombre de députés, les véritables mandataires de
la nation, et plusieurs de nos publicistes dont le dévoûment
leur portait le plus d'ombrage.

NOTE 2.

Le traître Polignac résista-t-il jamais !

Nous ne décrirons point ici les divers attentats où le nom
de Polignac a figuré : cette famille est dès long-temps le centre
des machinations les plus furieuses contre la France. (Consul-
ter pour ce l'*Histoire de la Révolution*, 1789; et, pour
Jules de Polignac, l'*Histoire de l'Empire*). Qui ne connaît
la machine infernale ?

NOTE 3.

En vain pour les calmer on tombe à leurs genoux ;

Le fait s'est passé sur la place des Victoires. Un rassem-
blement considérable l'occupait : fort peu de citoyens étaien t

armés. On entendait les feux de pelotons du 3e de la Garde, rues Saint-Honoré et de Richelieu : ils débouchèrent bientôt par la rue Neuve des Petits-Champs, et firent feu sur le peuple. Une jeune femme, entraînée par la crainte de voir ses frères massacrés, court se jeter aux pieds des soldats. Fatal dévoûment ! elle tombe morte, le front percé d'une balle... Cette atrocité, non motivée par la résistance, met le comble à l'exaspération publique, et le poste de la Banque, occupé par le 59e de ligne, est désarmé et remis aux braves Parisiens, qui soutinrent le feu avec intrépidité. Le cadavre, après être resté exposé aux regards, fut transporté dans le corps-de-garde par un garçon boulanger.

NOTE 4.

Caché dans son palais comme un enfant timide.

Les fatales Ordonnances avaient été signées à Saint-Cloud, et Charles X ne reparut point depuis.

NOTE 5.

Au milieu de leurs rangs un cadavre de femme.

Le cadavre de femme dont nous avons parlé dans la note 3 fut porté comme un enseigne dans les rues de Paris.

NOTE 6.

S'ils se rendaient !... mais non ; le traître, etc.

En effet, le duc de Raguse avait été investi du commandement de la place de Paris, que Charles X avait déclaré en état de siége : par son ordre du jour, le soldat qui refusait ds donner la mort à ses frères là recevait lui-même : plusieure ont été fusillés.

NOTE 7.

Un guerrier de vingt ans le premier les appelle.

La dernière volonté du héros fut qu'on donnât au pont le nom d'Arcole.

NOTE 8.

Peuple, console toi ! le tribun patriarche.

Nous empruntons du roi des Français cette épithète si bien méritée par de si longs services. (Voir la lettre de Sa Majesté au général, le lendemain de la première revue de la Garde nationale.)

NOTE 9.

La phalange succombe et son dernier soupir.

La prise du Louvre et du Château a été si prompte, qu'on pourrait appliquer au peuple qui s'en rendit maître ces mots de César : *Veni, vidi et vici.*

NOTE 10.

O peuple généreux ! sous tes coups enchaînées.

La modération du peuple après la victoire est peut-être unique dans les annales des révolutions.

Imprimerie de Pollet.

IMPRIMERIE DE POUSSIN, RUE DE LA TABLETTERIE, N. 9.

www.ingramcontent.com/pod-product-compliance
Ingram Content Group UK Ltd.
Pitfield, Milton Keynes, MK11 3LW, UK
UKHW021644130726
13696UKWH00005B/2406